JN188460

友だちじゃなくなっていく

加藤千恵

ステキブックス
012

出席票りさに頼んで今一番会いたい男に会いに出かける

頼んでもいないのに雨

恋と執着の違いがまだわからない

ドトールで歌を書いてるあたしには
あしたもあるしあさってもある

ドトールのアイスココアで溺れたい
甘やかされないなら居たくない

上等だ　あたしはあなたに出会えたし
2人で笑い合ったりできた

現在は猛スピードで過去になる
誰かが書いた喧嘩上等

青色のビニール傘を用意して降るべきはずの雨を待ってた

台風で壊れて捨てられた傘だ
今のわたしをたとえるのなら

確実に一つ悲しみが増えていく
あなたが一つ謝るたびに

確実なものなんてない
いつか海になるかもしれない場所で泣いてた

広辞苑にも載ってないあたしたちだけの言葉があればいいのに

言葉ってこんなに無力だったっけ
冷たい壁を何度かさする

あたしだけの男の人になってってって今日もやっぱり言いそびれてる

あの日言いそびれたことは50歳になっても思い出すんだろうな

午後10時
月が大きい
今もまだ信じる魔法がいくつかはある

魔法でも奇跡でも幻でもいい
好きな名前をあなたがつけて

子どものころ集めまくったセロファンは
あれからどこに行ったんだっけ

あまりにも歪んだ色だ
あの人はセロファンごしに世界を見てる

好きじゃないパーラメントを吸ってます
特別深い意味はないです

目を閉じる
意味や理屈が感情にたやすく負けて折れてしまって

嘘をつくときが一番やさしかったあなたのことを恨んでいない

もう嘘になってしまった約束も
いつかわたしと燃やしてほしい

立ったまま眠るサラリーマンを見る
座って眠るＯＬを見る

眠るほど元気もなくてつまらない動画を見てる
どこからが朝

わたしたちは甘やかされて育てられてろくな傷つきかたも知らない

君につけられてる傷を君に治してもらおうとしてる
本気で

「シャカシャカ」は「社会学部社会学科」
まじめな顔で教えてもらう

シャカシャカの服で二人で
コンビニに行ったのがあの恋のピークだ

1人だけ16ビートが叩けずにいたことを不意に思い出してる

よく知らない16ビートの曲を聴く
誰かのせいにしたかっただけ

真剣に話を聞いてほしいです
あたしをなんだと思っているの？

真剣なとこ悪いけどその不幸ワングランプリ辞退していい？

マフラーをグルグル巻いて今までに別れたものを数えてみてる

つけていたマフラーがよく似合ってた
夢の中では生きている人

ゴージャスな部屋に住みたい
ゴールデンレトリバーとか飼ったりしたい

いでよゴールデンレトリバー
もふもふに顔をうずめて泣きたい今は

思い出の冷やし中華を食べました
どんな思い出かは秘密です

ダブルタップして見てみてる
あなたが今日誰かと食べた冷やし中華を

2限目の講義を受けているときもあたしは年をとりつづけてる

ドラマなら最終回だ　だけどこれは現実だからまだつづけてる

先っぽがとがった靴をはきながら怒る彼女の髪の毛は赤

髪の毛を洗われている
好きな人と結婚相手は同義じゃないね

これからも生きる予定のわたしたちは意味ないとこで笑ったりする

カーテンはまだ閉めている
生きているだけでお金がかかってしまう

愛されたことがないとはいえないし愛されつづけてきたのでもない

泣きつづけたいなら泣きつづけていい
理由はあってもなくってもいい

3回も寝言を言っていたらしい
好きな男にくっつきながら

大人しかできないことをしていたい
好きで大人になったのだから

約束は忘れたふりをしてあげた
アイスココアの氷は溶けた

音立てて氷をかじる
かつて虫だったかもしれない肉体で

つま先を洗うことだけ考えてビラを配って5時間過ぎる

比較絶望比較絶望リピート　あの子はつま先すらも可愛い

ロッテリアのトイレでキスをするなんてたぶん絶対最初で最後

ほとんどはたぶん雑音
君だけの光のほうに進めばいいから

はじめからなかったのだと気がついた
必死になって探したあとで

粉々になった思い出
気がついたときにはすべり落ちてしまって

悪気さえなければ何を言ったって許されるとでも思っていたの？

悪気なんてなかったんだね
だとすれば頭が悪かったってことだね

ファミレスでりさのレポート写してるあたしを誰かさらってほしい

朝をゆるやかに待ってる
本名を知らない人と過ごすファミレス

自分でも驚くくらいヘタクソな嘘だったので笑ってみせた

信じられないほど静か
つく嘘がもうなくなって海を見ている

卵から生まれたのだと思ってた
そっちのほうがいいと思ってる

卵歌絶望背恋嘘未来ベッドの中で育てたものよ

コンタクトはずしてあたしを見るときの定まりきらない視線が好きだ

パトラッシュに何度も語りかけている
あたしにパトラッシュはいないのに

忠告は全部無視してやってきた
後悔なんかしたことはない

後悔って言葉の意味を頭ではなくて体で知らされている

紙コップはふやけてしまいやけくそのような気持ちで氷を噛んだ

連絡が来ないから動けずにいる
氷の味になった液体

「そばにいてほしい」と何度も繰り返す
それしか言葉を知らないみたいに

再生を見えない場所で繰り返し同じわたしは一人もいない

あたしってどうやって生きてたんだっけ？
あの日あなたと知り合うまでは

抱きしめることしかできない
友だちじゃなくなっていくあなたのことを

「わけもなく悲しくなる」の項目に丸をつけてる性格テスト

何しても許されるんだ
性格も悪気がないも便利な言葉

笑っても泣いてもあたしはあたしだからせいぜい幸せになってやる

わたしより幸せであれ
滑り台目指して駆けていく5歳児よ

ごめんなさい
思わせぶりなことしたけど実は全然好きじゃないです

恋人でも好きな人でもないくせに
離れてほしくはなかったんだ

やってきたキングギドラがこの街を壊す様子を想像してる

いつか懐かしく思うよ
君だけが腐っていないこの街のこと

深刻な顔して次の2限目に出るか出ないか相談してる

救いのない話聞いてた
深刻な顔しないよう気をつけていた

嘘ついたことなんてない
いつだって本気で好きだ
そのときだけは

本気っていうよりもガチ
フォームなんて知らないままで走りつづける

友だちも恋人も欲しい年頃です
なんにも失いたくありません

友だちの友だちとかになりたいよ
知らない人で会いたかったよ

あの人ならどう言うかなって考えて一人で思い出し笑いした

思い出し笑いを悔しがる5歳
すべては共有できないんだよ

今決めた
あたしは今日は世界一強く優しく楽しく自由

「勤労と納税とあとなんだっけ？」

「楽しく生きていくことじゃない？」

もう全部脱いだんだけど触れてくる手がリアルには思えずにいる

本当は強い人などいないから繋ぐんじゃなく握ってた
手を

思いがけない悲しみがあらわれてあたしに気安く近寄ってくる

夏のせいにするからいいよ
説明も共有もできない悲しみを

教室の時計がすごく狂っててチャイムがまるでちぐはぐに鳴る

被害者になるのがすごく上手だね
特技の欄に書けばいいのに

泣きながら横浜人に電話して
一緒に泣いて
って言ってみた

気に入ったネイルは剥げて今もまた出てもらえない電話かけてる

終電と始発のあいだ
新宿と代々木のあいだ
でさまよってる

理不尽なほど晴れていて新宿は欲しくても買えないものばかり

わかってる人がわかってくれてるからそれ以外はまあどうでもいいか

何もかもどうでもいいということにしたはずなのに鼓動が速い

揺すっても起きない彼を起こすのに疲れてしまい隣で眠る

彼のせいで眠れないのに今夜また彼のいびきは規則正しい

わたしを呼ぶあなたの声は知り合いの誰にも似ていない声だった

言われるともっと悲しくなるだけなのにごめんなさいとあなたは言った

唐突に思い出しちゃうことがある
職員室で泣いたこととか

本当に好きだったのに
思い出すほどの記憶も持てなかったよ

抱き合って抱き合って抱き合いつづけてがんじがらめになって死にたい

まだ進化する余地はある
抱き合っただけで埋まってしまう両腕

似合わない洋服を着て立っている
銅像にでもなりたい気分

似合わないのは知ってたの
わたしには赤いリップが必要だった

我慢すればするほど彼に会いたくて考えすぎて泣きそうになる

眼鏡を外さずに眠っていた彼を
さらってしまいたかった真冬

もしあの日好きだと言っていたのなら変わったもののもあっただろうか

まっピンクの願いは口に出せなくて変わった石を川に投げてる

どうしようもなく腹立ってとりあえず部屋の掃除をはじめたものの

進む方角を未来と呼んだなら
途端に色づきはじめる景色

初めての場所に行こうとしてたのに結局いつものバスに乗ってる

乗りたくもなかったバスから降りたくない帰りたくない生きてたくない

きっと撮った人も忘れているようなわたしの写真が発掘される

撮ったまま送らずにいた
送ってっていうメッセージ欲しかったから

とてもとても大きな大きな夕焼けを橋の上から一人で見てた

生活はそんなに上手なほうじゃない
短い橋を渡って帰る

愛なんて言葉は別に信じない
ただあの人が好きってだけだ

結局のところなんでもいいんだと思った
愛と信じれば愛

なにもかもまやかしみたい
日曜日国立近代美術館にて

会うつもりだった日曜日が過ぎる
冷蔵庫が小さく鳴っている

デタラメな英語で君が歌ってる
サンダルでペタペタ音立てて

サンダルが破れかけてる
今わたし23区でもっとも孤独

生きていてくれるのならばそれだけでいいと思えるほどにはなった

悔しいと思えてよかった
嬉しいと思えただけじゃなくてよかった

頑張って平気なふりをしてたけど最後はやっぱり泣いてしまった

こんなのは平気
今まで何回も落ちてしまった穴なんだから

誰に言うべきなのかわかんないけれどともかくあたしは負けたりしない

こういうの誰にお願いすればいい
新しい感情を教えて

5年前のあなたもとても好きだった
出会ったことはまだないけれど

特別な季節だったよ
一昨日も七年前も二千年後も

理論上歩いて行けない場所はない

いざとなったら逃げ切ればいい

いつか君がいざとなればって言ったことまだお守りにして生きている

あの人はとても自由に生きていてあたしはいつも待ちくたびれてる

あの頃のあなたは今もここにいてあたしを動かしつづけている

風邪ひいたみたいに喉が渇いてる
いつかみたいに耳鳴りがする

いつもより尖ってる月
耳鳴りは中に入れても共有できない

東京のまずい水道水を飲む
火・木・土は燃えるゴミの日

踊ってもいいし立ち尽くしてもいい
あなたのための東京だから

春の風
あたしは多分またここで一人ぼっちに戻るのだろう

取り返しがつかないくらい傷つけたわたしの上に吹く春の風

あなたへの手紙を書いて引き出しにしまってそのまま忘れるつもり

反射する光をＵＦＯと見間違うようにあなたに恋をしていた

終わるまでわかんないから終わりまできちんと見届けようって思う

終わるのが信じられない
一秒も忘れたくない夏だったから

迷惑をかけまくりつつやってきた
ごめんねみんな
みんな愛してる

やれることもやりたいこともあるはずだ
みんなじゃなくてそれぞれのあなたに

よくヘリの飛んでる音が聞こえてた
たとえば2年4組とかで

もう行かなくちゃいけないのはわかってる
2年4組には戻れない

ありえないほどの怒りがふつふつとあたしの中でわきあがってた

もうとうにからっぽのマグ
ありえない出来事くらい起きていいのに

グルグルと回り続けるいつの日かバターになること夢見る目まい

何しても満たされない穴を持っていてバターの上に塗るいちごジャム